Les Carnets de la Cabane Magique

Armure

Blasons

Bouclier

Combat de chevaliers
Bouclier
Fléau
Haches

Bouclier

Catapulte

Cotte de mailles

Chevalier

Épée

Château fort

Chevaliers et châteaux forts

Titre original : *Knights and Castles*

Réalisation de la maquette : Isabelle Southgate.
Illustration de couverture et illustrations intérieures : Philippe Masson.

Loi n° 49-956 du 16 juillet 1949
sur les publications destinées à la jeunesse.
Dépôt légal : septembre 2008 – ISBN : 978-2-7470-2636-9
Imprimé en Italie

Les Carnets de la Cabane Magique

Chevaliers et châteaux forts

Mary Pope Osborne
et Will Osborne

Traduit de l'américain
par Éric Chevreau

Illustré par Sal Murdocca
et Philippe Masson

Troisième édition
bayard jeunesse

Cher lecteur,

Tu as aimé nos aventures dans « Le mystérieux chevalier » ? Tu voudrais en apprendre davantage sur la vie de château ? Alors ce guide est fait pour toi !

Comme nous sommes très curieux, nous avons cherché à en savoir plus sur le Moyen Âge. Nous avons feuilleté des livres à la bibliothèque, consulté des sites sur Internet, et visité un musée consacré entièrement à cette époque. (Tu trouveras à la fin du guide la liste des documents et des sites que nous avons utilisés.)

Nous avons illustré nos recherches avec de nombreux dessins et photos. Ainsi, tu seras incollable sur la construction des châteaux et sur la vie des chevaliers : comment ils vivaient, pourquoi ils se battaient...

Prêt à faire un bond de mille ans dans le temps ? Alors, traverse le pont-levis et rejoins-nous dans cette période fascinante !

Tes amis
passionnés
d'histoire,
Tom et Léa.

1

Le Moyen Âge

Imagine… S’il fallait vingt ans pour bâtir ta maison ! Si des milliers d’ouvriers travaillaient à sa construction. Si des centaines de serviteurs étaient payés pour l’entretenir. Et si une petite troupe d’hommes en armure était nécessaire pour la protéger…

Bienvenue à l’époque des châteaux forts !

Tu as sûrement lu des contes de fées et des légendes dont l’action se déroule dans des châteaux. Eh bien, de telles forteresses ont réellement

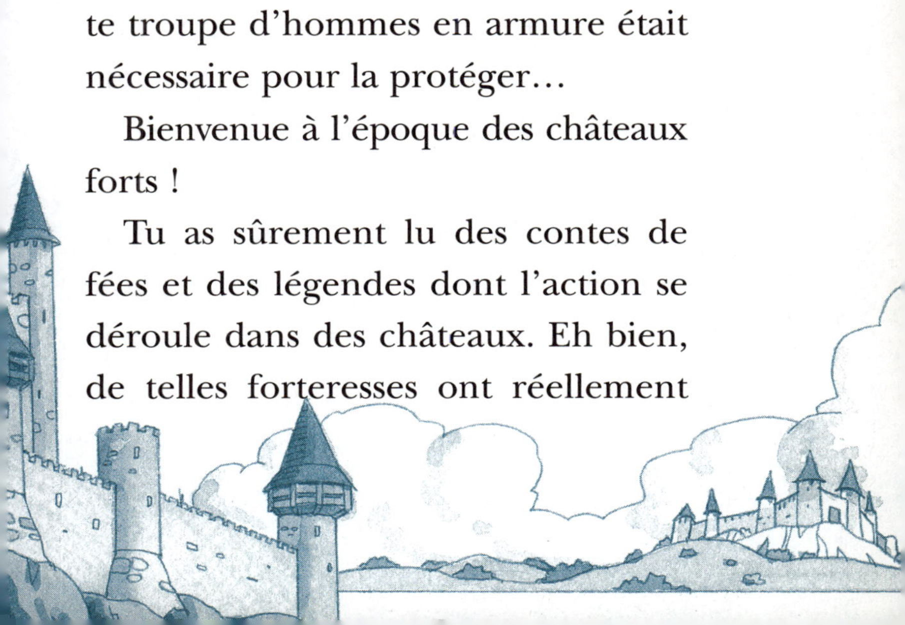

été bâties en Europe, pendant le Moyen Âge.

Les lunettes ont été inventées au Moyen Âge.

Cette période a débuté vers l'an 450 et a duré environ mille ans. Elle est appelée ainsi parce qu'elle se situe entre l'Antiquité et la Renaissance. On lui donne aussi le nom d'« ère médiévale », l'adjectif médiéval signifiant « du Moyen Âge ».

L'université était une association de clercs, c'est-à-dire de maîtres d'une même discipline (le droit, la médecine, etc.).

C'était une époque de grand changement. De plus en plus de personnes apprenaient à lire et à écrire. Les premières universités ont été construites. De nouvelles formes d'art sont nées, en peinture et en poésie.

Mais le Moyen Âge était aussi une période de guerres. On se battait parce qu'on n'appartenait pas à la même religion. On se battait pour épouser la dame de son cœur. Surtout, on se bat-

Bataille d'Azincourt, 1415.

tait pour conquérir de nouvelles terres.

Presque toute l'Europe appartenait alors à des rois. Leur territoire, appelé « royaume », était souvent très étendu. Comme ils ne pouvaient le défendre seuls, ils le partageaient en domaines, ou fiefs. Les fiefs étaient confiés à des barons, des hommes choisis pour leur loyauté.

Le baron commandait aux gens qui vivaient et travaillaient sur ses terres. Et il pouvait faire bâtir un

Certains fiefs étaient très vastes. Ils étaient constitués de plusieurs villages et de nombreuses fermes.

château pour y vivre avec sa famille.

En échange d'un domaine, le baron jurait allégeance au roi. Cela signifie qu'il était prêt à mourir pour défendre le roi et son royaume contre ses ennemis.

Il promettait également d'envoyer ses soldats combattre en cas d'attaque. Ces soldats étaient appelés « chevaliers ».

Tous les chevaliers n'avaient pas leur propre fief. Certains vivaient dans le château d'un autre seigneur.

Ces derniers prêtaient serment à la fois au roi et au baron. En retour, ils recevaient leur propre domaine.

Les gens qui travaillaient sur les terres des seigneurs étaient soit des paysans libres, les vilains, soit des serfs.

Les serfs, attachés à un maître, n'avaient pratiquement aucun droit. Ils cultivaient de petits lopins de terre. Ils gardaient une partie de la récolte pour nourrir leur famille, puis donnaient le reste au seigneur.

Les vilains, eux, étaient locataires de parcelles. Ils payaient au seigneur un loyer et un impôt, ainsi que le droit d'utiliser le four et le moulin mis à disposition.

Les paysans devaient également faire des corvées, c'est-à-dire travailler dans les champs du seigneur ou au château. Certains aidaient même à sa construction.

En échange de leur soumission, le seigneur protégeait ses paysans. Cette organisation de la société, c'est ce qu'on appelle le système féodal.

Quand un seigneur prêtait serment de fidélité à un seigneur plus puissant, il devenait son vassal.

Système féodal	Roi
	Barons
	Chevaliers
	Serfs et vilains

Seigneurs et dames

Au Moyen Âge, la plupart des gens riches étaient nobles : ils appartenaient à des familles importantes.

Les femmes étaient appelées « dames ». Elles pouvaient avoir

Sire Tom,
duc de Belleville.

Dame Léa,
comtesse de Paris.

aussi un titre, comme baronne, duchesse ou comtesse.

Les hommes portaient le titre de baron, duc ou comte.

Le système féodal permettait de maintenir l'ordre. Mais il n'était pas très juste.

Pour être noble, il fallait presque toujours naître dans une famille noble. En règle générale, même en travaillant très dur et en devenant riche, on ne pouvait pas être anobli.

2

L'âge des châteaux

Les châteaux étaient bâtis pour protéger les seigneurs et leurs terres des attaques ennemies.

On ne connaît pas la date exacte de la construction du premier château. Mais il s'en est bâti beaucoup à partir de 1050 environ, et jusqu'à la fin du Moyen Âge. Pour cette raison, les historiens appellent aussi cette période « l'âge des châteaux ». À la fin du xve siècle, on en comptait plus de douze mille en Europe.

Le mot « château » vient du latin castellum, ***qui signifie « forteresse ».***

Le château de Cardiff, au pays de Galles

Un historien étudie une période de l'histoire et écrit des livres à son sujet.

Les premiers châteaux

Ils ressemblaient davantage aux forts des westerns qu'aux châteaux des contes de fées !

Ils étaient construits en bois, sur une butte de terre appelée « motte ». Ils comprenaient une tour (le donjon) et une basse-cour, entourées d'une palissade et de fossés.

Ces forteresses étaient construites rapidement, parfois en moins d'une semaine ! Mais, comme système de défense, elles manquaient d'efficacité…

Les armées ennemies n'avaient aucun mal à enfoncer les palissades. Et les bâtiments prenaient feu facilement.

Dès le début du XIIe siècle, le bois fut remplacé par la pierre, bien plus solide en cas d'attaque.

Les bâtisseurs de pierre

Seulement, bâtir un château en pierre demandait beaucoup plus d'efforts ! Il fallait commencer par enlever des tonnes de pierres. Le bulldozer n'existait pas : cela s'effectuait donc à la main !

Puis on transportait les matériaux dans des charrettes ou sur des bateaux, jusqu'au site choisi. Les décharger était également très pénible.

Le travail de la pierre était confié à un maître maçon. Celui-ci dessinait

les plans du château avec le seigneur. Il dirigeait aussi sur le chantier une équipe d'ouvriers qui taillaient les pierres en blocs.

L'artisan maçon apposait sa marque, une sorte de signature, qu'il gravait sur sa pierre.

Le travail du bois était effectué par les charpentiers. À mesure que les murailles de pierre s'élevaient, les charpentiers construisaient des échafaudages pour permettre aux maçons d'atteindre le sommet.

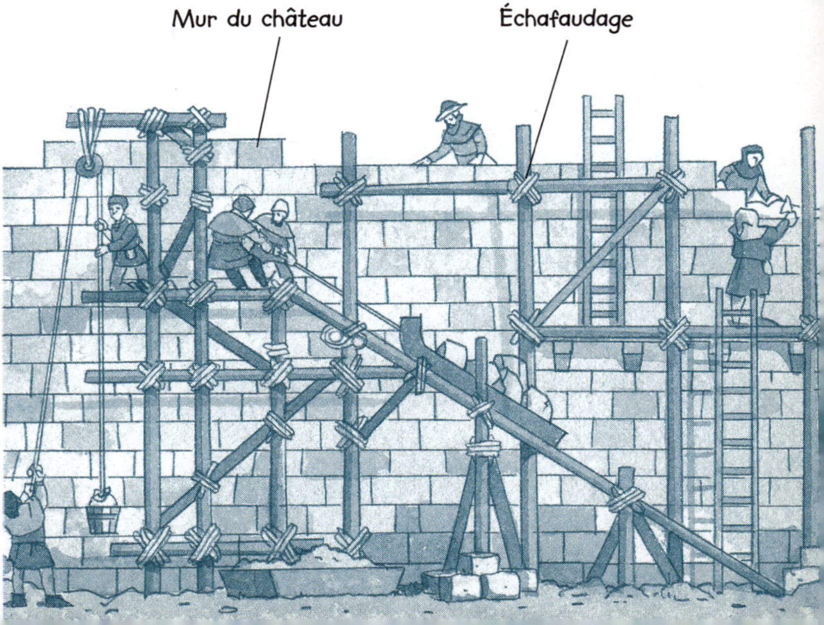

Des forgerons fabriquaient les outils et les réparaient. Ils étaient très occupés, car les outils se cassaient souvent.

Les maîtres maçons, charpentiers et forgerons avaient passé des années à se perfectionner. Ils dirigeaient le travail des compagnons. Ils engageaient souvent des apprentis, qui apprenaient le métier à leurs côtés pour devenir à leur tour compagnons puis maîtres.

Tous étaient aidés par des manœuvres, des assistants recrutés parmi les habitants pauvres des environs, pour monter les murs.

Contrairement au journalier, un ouvrier engagé à la journée, le compagnon pouvait travailler comme salarié auprès d'un maître.

Les bâtisseurs

Maîtres maçons

Maîtres charpentiers

Maîtres forgerons

Compagnons

Apprentis

Manœuvres

La construction d'un château en pierre durait parfois plus de vingt ans et nécessitait l'embauche de plus d'un millier de personnes.

Comment devenir maître artisan

1. Être employé comme apprenti auprès d'un maître. L'assister et faire des courses pour lui, sans être payé. Apprendre le métier.

2. Après environ sept ans, devenir compagnon : parcourir le pays en travaillant pour un petit salaire. Améliorer sa technique.

3. Réaliser un chef-d'œuvre (un objet qui prouve son savoir-faire). Le présenter aux juges de sa corporation, un groupe de maîtres artisans qui font le même métier.

4. Félicitations ! Ton travail a été accepté par les juges. Tu peux maintenant faire partie de la corporation et, à ton tour, former un apprenti.

3

La défense du château

La construction d'un château en pierre coûtait aussi beaucoup d'argent, l'équivalent aujourd'hui de plusieurs millions d'euros.

Mais la dépense en valait la peine. Il était très difficile pour un ennemi de s'introduire dans une telle forteresse.

Les châteaux de pierre étaient souvent constitués d'une haute tour, le donjon, entourée de murailles. Des hommes de guet montaient la garde au sommet. Lorsqu'ils voyaient un ennemi approcher, ils sonnaient l'alarme.

Une sentinelle est un soldat armé qui guette les ennemis.

Des sentinelles armées d'arcs et de flèches patrouillaient en haut des remparts, le long du chemin de ronde. Elles pouvaient tirer des flèches par les créneaux et, en cas de riposte, s'abriter derrière les parties pleines, les merlons.

Si l'ennemi réussissait à tromper la vigilance des hommes de guet, il devait surmonter encore beaucoup d'obstacles avant d'entrer dans le château.

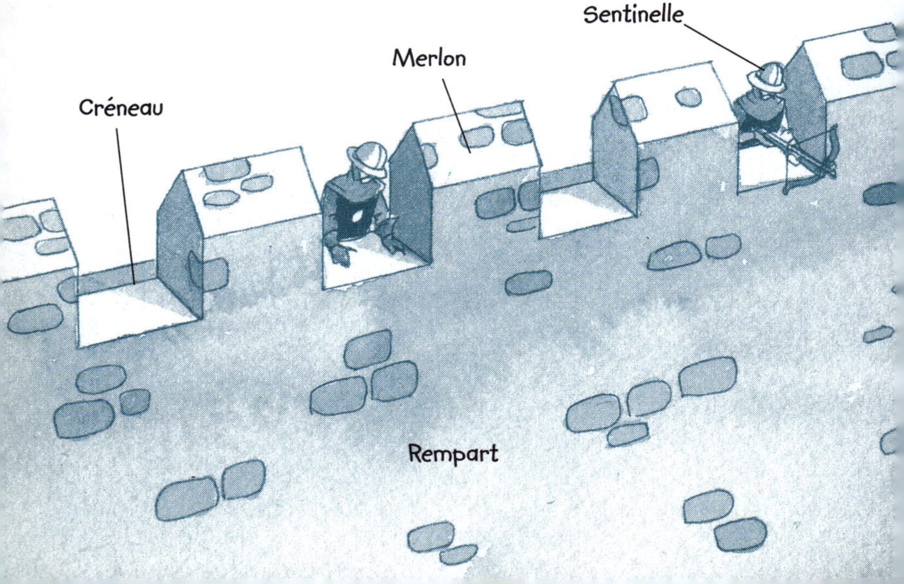

Tour
Homme de guet

Les douves constituent parfois une réserve de poissons !

Il lui fallait d'abord passer par la barbacane, une première cour encadrée de murs. En cas d'intrusion, les gardes fermaient les lourdes portes situées à chaque extrémité, et l'ennemi se trouvait pris au piège !

S'il réussissait à sortir, ce dernier devait franchir les douves : de larges et profonds fossés tout autour des remparts. Elles étaient généralement remplies d'eau.

La seule façon de les traverser, c'était d'emprunter le pont-levis. Abaissé, il servait de passerelle entre la barbacane et le château. Relevé, il empêchait l'ennemi d'atteindre la porte principale de la forteresse.

Cette entrée était constituée de deux lourdes portes en bois avec de solides verrous. Elle était renforcée par la herse, une grille coulissante en fer.

Lorsque l'alarme était donnée, les gardes relevaient le pont-levis et abaissaient la herse. Puis ils fermaient et verrouillaient les portes.

Il était alors impossible pour l'ennemi de pénétrer dans le château !

Tourne la page pour voir comment s'organisait la défense du château.

Donjon
Créneaux
Tour
de guet
Merlons
Remparts
Douves

Le « château » ne désigne pas seulement l'habitation du seigneur et de sa famille, mais l'ensemble des constructions destinées à protéger les terres du seigneur.

4

La vie de château

Le seigneur et la dame vivaient dans le donjon du château.

Les nobles se mariaient très jeunes, vers quatorze ans. Le mariage était souvent arrangé par leurs parents. Parfois, les futurs époux ne se rencontraient même pas avant le jour de la cérémonie.

Une fois mariés, ils avaient chacun un rôle précis.

Le seigneur s'occupait de son fief. Il était à la fois général, chef de l'armée et de la police, et juge.

De nombreux seigneurs élevaient des faucons pour la chasse. Ce type de chasse s'appelait la « fauconnerie ».

Il protégeait ceux qui vivaient sur son domaine, et récoltait les impôts. Il faisait régner la loi et punissait les criminels.

La dame veillait sur le château. Elle contrôlait le travail des serviteurs.

Pendant l'absence de son mari, c'est elle qui était responsable des affaires.

Les seigneurs et leurs dames aimaient s'amuser. Ils chassaient, jouaient de la musique ou aux échecs.

Des centaines de domestiques habitaient au château. Ils veillaient au confort de leurs maîtres.

Certains travaillaient à la cuisine. Ils rôtissaient la viande ou faisaient le pain. D'autres s'occupaient de la

lessive ou du ménage. Des serviteurs personnels aidaient le seigneur et sa dame pour la toilette et l'habillement. C'était un grand honneur d'être choisi pour cette fonction.

Les nobles s'habillaient parfois de

façon recherchée. Les dames étaient vêtues de longues robes et devaient toujours couvrir leur tête. Leur coiffe était immense !

Les seigneurs portaient des chausses de laine et une chemise de lin sous une tunique ample. Parfois, ils revêtaient un chapeau mou à large bord, prolongé par un morceau d'étoffe appelé « cornette ».

Les chaussures pointues étaient à la mode. Elles pouvaient atteindre deux fois la pointure de celui qui les portait !

Le seigneur et sa dame prenaient rarement un bain. Quand cela arrivait, leur serviteur remplissait une grande baignoire en bois avec de l'eau chauffée dans la cheminée. Le savon était fait de cendres, de graisse animale et de soude.

Le lit était surélevé pour empêcher les souris d'y grimper.

Les maîtres dormaient dans la chambre principale du château. Le lit était imposant et garni de rideaux. Lorsque le seigneur se rendait en visite dans un fief voisin, il lui arrivait d'emporter son lit et sa baignoire avec lui !

La Grande Salle

C'était la pièce principale du château. C'est là que le seigneur rendait justice ou qu'il recevait des visiteurs importants. C'est là aussi que sa famille, ses chevaliers et ses invités prenaient leurs repas.

À l'heure du repas, on allumait des chandelles et des torches. Un grand feu brûlait dans la cheminée. À l'autre bout de la salle, sur une estrade, était dressée la grande table, pour les maîtres.

Les convives mangeaient à des tables dressées en U, assis sur des bancs ou des tabourets. Ils n'utilisaient pas d'assiettes : la nourriture était directement servie sur de grandes tranches de pain rassis, appelées « tranchoirs ». Quand le pain était détrempé, on le jetait aux mendiants.

L'étain est un métal gris blanc.

À partir du XVe siècle, la nourriture fut servie dans des assiettes en étain, en argent ou en or.

La fourchette n'existait pas, et on mangeait avec les doigts. Plusieurs invités buvaient au même verre. On pouvait jeter ses restes par terre et même cracher !

À la fin du repas, le sol de la Grande Salle était dégoûtant, couvert de déchets, d'os et de crottes d'animaux. Les serviteurs répandaient des fleurs et des herbes séchées pour couvrir les mauvaises odeurs.

Les troubadours et les ménestrels étaient les chanteurs et les musiciens de l'époque.

Pour célébrer les occasions spéciales, le seigneur organisait de somptueux festins. Ces jours-là, la Grande Salle retentissait de musique. Les troubadours, les ménestrels, les jongleurs et les bouffons divertissaient les convives.

Dans *Le mystérieux chevalier*, avant d'être arrêtés par les gardes, Tom et Léa ont eu la chance d'entrevoir un banquet !

Les cuisiniers préparaient les plats les plus élaborés : paon rôti servi avec ses plumes, ou cygne au bec peint en or.

Parfois, ils farcissaient une tourte d'oiseaux vivants, qui s'envolaient quand on la coupait !

Un bouffon était une sorte de clown chargé d'amuser le seigneur.

5

Fêtes et foires

Les fêtes et les foires étaient des moments très attendus.

Les grandes fêtes étaient Pâques et Noël. Le seigneur donnait alors un festin dans la Grande Salle en l'honneur des marchands. Les ouvriers du domaine ne travaillaient pas ce jour-là. Les villageois jouaient dans des pièces inspirées de la Bible.

La religion

La religion avait une place importante dans la vie de tous les jours.

La plupart des châteaux possédaient leur propre chapelle. Certaines étaient ornées de vitraux, de peintures murales et de croix en or. C'était une des plus belles pièces.

Souvent, un prêtre habitait au château. Chaque matin, les maîtres priaient avec lui. Le prêtre bénissait les repas. Il célébrait les mariages et autres cérémonies religieuses.

Les seigneurs faisaient également bâtir des églises pour les habitants du domaine.

Le seigneur et sa dame partaient parfois en pèlerinage, c'est-à-dire en voyage vers un lieu saint comme Jérusalem. Ils espéraient ainsi aller au paradis à leur mort.

Les rois et les nobles donnaient aussi de l'argent pour la construction d'immenses églises, les cathédrales. Certaines d'entre elles étaient plus grandes que des châteaux !

Marchés et foires

Toutes les fêtes n'étaient pas religieuses. On se réunissait aussi les jours de marché et de foire.

La plupart des grandes villes d'Europe avaient leur foire. En France, les foires les plus célèbres étaient celles de Reims, Provins et Troyes.

Il y avait un marché une ou deux fois par semaine. Les paysans et les marchands installaient des étals à l'extérieur des remparts. Les gens du domaine venaient y acheter la nourriture, les vêtements et autres produits.

Les foires avaient lieu une ou deux fois par an. Des marchands du monde entier y restaient pour quelques jours. Ils vendaient de tout : des bougies, du savon, des chaussures, de la vaisselle, des épées, des poignards... Les villageois des alentours, eux, proposaient des gâteaux, des tourtes, du vin chaud. Les ménestrels divertissaient la foule avec des chansons et des récits d'aventures héroïques. Il y avait même des chiens et des ours dressés à danser pour quelques pièces !

Les jours de marché et de foire étaient l'occasion de se reposer, de faire du commerce, et aussi de bavarder avec les voisins et les amis.

Tourne la page
pour découvrir
une foire médiévale.

Par ici...

Étal de marchand
Tissus venus d'Orient
Jongleur
Ménestrel

Ours dressé
Acrobate
Épées d'Espagne

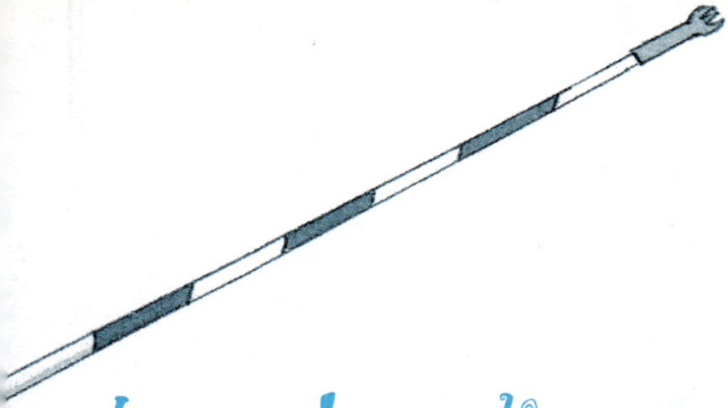

6

Les chevaliers

Les ménestrels chantaient souvent les aventures et les exploits de héros courageux et justes : les chevaliers. Ce mot veut dire « hommes à cheval ». En effet, ces soldats se battaient à dos de cheval.

Ils portaient des noms différents selon les pays : *caballeros* en Espagne, *knights* en Angleterre, *Ritter* en Allemagne.

Devenir chevalier

Pour obtenir ce rang, il fallait y consacrer de longues années… et avoir beaucoup d'argent. Le cheval et l'armure coûtaient très cher. La plupart des chevaliers étaient de famille noble.

Ce n'est pas juste ! Seuls les garçons pouvaient devenir chevaliers.

L'apprentissage commençait vers l'âge de sept ans. Le garçon, ou page, quittait sa famille : on craignait qu'il soit trop gâté par ses parents s'il restait avec eux. Il allait donc vivre dans un autre château pour s'instruire et apprendre les bonnes manières.

Le page servait la famille du seigneur à table et rendait service à la châtelaine. On lui enseignait aussi comment se battre avec des épées en bois et monter à cheval.

À l'âge de quatorze ans, le page

devenait écuyer, c'est-à-dire apprenti d'un chevalier.

Il prenait soin du cheval de son maître, polissait ses armes et son armure, et le suivait à la guerre. Il devait être prêt à lui prêter main-forte, si nécessaire, sur le champ de bataille. Il s'entraînait donc avec de vraies épées.

Il lui fallait également devenir un parfait cavalier. Il apprenait à monter à cheval sans tenir les rênes : il avait besoin de ses deux mains pour porter son épée et son bouclier pendant le combat.

L'écuyer prenait le titre de chevalier vers l'âge de vingt et un ans, lors de la cérémonie de l'adoubement.

Il était fait chevalier, ou adoubé, par son père ou par celui qui l'avait accueilli. S'il était d'une famille très importante, il pouvait être adoubé par le roi lui-même !

Durant la cérémonie, il jurait d'être toujours courageux et fidèle. Il faisait le serment de défendre son seigneur, son roi et son Église.

Devenir chevalier

Page

Écuyer

Chevalier (cérémonie de l'adoubement)

« Chevalerie », comme « chevalier », vient du mot « cheval ».

Le code de la chevalerie

Les chevaliers étaient tenus de suivre un code de conduite très strict. Ils devaient avoir de bonnes manières. Ils promettaient également d'être justes envers tous, et de protéger les plus faibles. Ils juraient honneur et respect aux femmes.

En réalité, les chevaliers pouvaient se montrer parfois violents et cruels. Les ménestrels composaient donc souvent des chants qui leur rappelaient le code de la chevalerie et leurs promesses de bonnes actions.

Tourne la page pour en apprendre davantage
sur les chevaliers les plus connus.

Par ici...

Le roi Arthur et les chevaliers de la Table Ronde

Au Moyen Âge, on racontait beaucoup d'histoires sur les exploits du roi Arthur, qui vivait au royaume de Camelot. C'étaient des légendes. Pourtant, il a bien existé au VIe siècle, en Angleterre, un roi celte nommé Arthur.

L'histoire la plus connue est celle d'Excalibur, une épée plantée dans une pierre portant l'inscription : « Quiconque brandira cette épée deviendra le roi d'Angleterre. » Seul le page Arthur réussit à la retirer de son socle.

La légende dit que c'est l'enchanteur Merlin qui avait fiché l'épée dans la pierre. Après le couronnement d'Arthur, Merlin devint son plus fidèle conseiller. Il l'aida à rassembler les chevaliers de la Table Ronde. Ces derniers prenaient place autour d'une table ronde. Ainsi, chacun avait le même droit à la parole.

Les chevaliers de la Table Ronde les plus connus sont Lancelot et son fils Galaad.

Tous deux ont vécu dans le plus grand respect du code de la chevalerie.

Deux femmes eurent un rôle important : Guenièvre, la très belle femme du roi Arthur, et la fée Morgane, sa demi-sœur. Morgane

serait devenue magicienne grâce à Merlin, qui lui aurait enseigné l'art de voler et de se transformer.

Armure de fer complète

7

L'armure

Pendant la cérémonie de l'adoubement, le nouveau chevalier recevait son épée et une partie de son armure : son heaume et son bouclier, ou écu.

L'armure était une protection en métal très lourde. Elle était difficile à enfiler et à retirer, et elle tenait très chaud. Mais c'était le meilleur moyen pour le chevalier de se protéger sur le champ de bataille. Les premières armures étaient faites de petits anneaux de métal entrelacés : les mailles. Elles furent utilisées à partir du XIe siècle.

Ce type d'armure est aussi appelé « cotte de mailles », chaque anneau était relié à quatre autres avant d'être refermé.

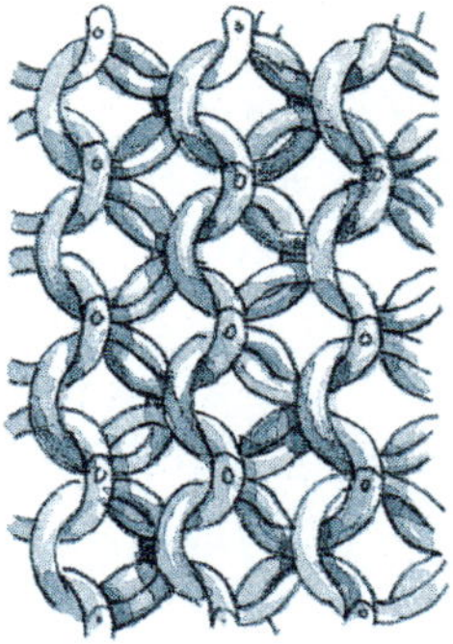

Au combat, le chevalier portait un manteau en mailles, le haubert, qui offrait une bonne protection. Mais une fine dague pouvait passer au travers des mailles et le blesser.

Le combattant risquait aussi d'être touché par une flèche, ou d'avoir les os brisés par une massue.

Pour plus de confort, le chevalier devait enfiler sous sa cotte de mailles un vêtement rembourré, le gambison.

Afin de mieux se protéger, les chevaliers ont donc commencé à attacher des plaques de fer à leur cotte de mailles.

Une dague est une arme courte et pointue.

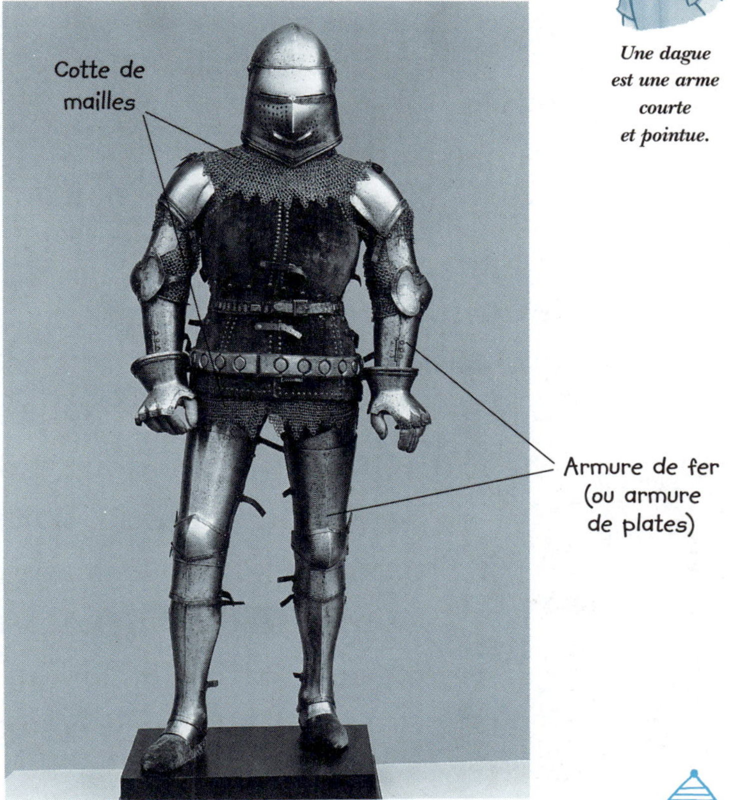

À partir du XIVe siècle, les chevaliers abandonnèrent la cotte de mailles. Ils préféraient l'armure de fer complète, qui les couvrait de la tête aux pieds.

Le casque

C'est l'une des pièces de l'armure les plus importantes.

Les casques faits de plaques d'acier, appelés « heaumes », ont évolué avec le temps. Vers le Xe siècle, on utilisait un casque conique, doté d'une protection pour le nez. À partir du XIIe siècle, le casque ressemblait à un seau renversé, troué et fendu en face des yeux. Il couvrait toute la tête.

Au XIVe siècle, les chevaliers portaient des bassinets. C'étaient des casques allongés, qui épousaient la forme du visage. Certains avaient une visière qui se relevait. Cela permettait au chevalier de mieux voir lorsqu'il ne se battait pas.

Les heaumes de tournoi étaient parfois très élégants. Ils étaient aussi très lourds, et pesaient plus de vingt kilos !

L’armure complète

Elle comprenait tellement de pièces qu’il fallait une heure au chevalier pour s’équiper ! Celui-ci portait même des gants et des chaussures en métal.

Le cheval avait lui aussi son armure, appelée « barde ».

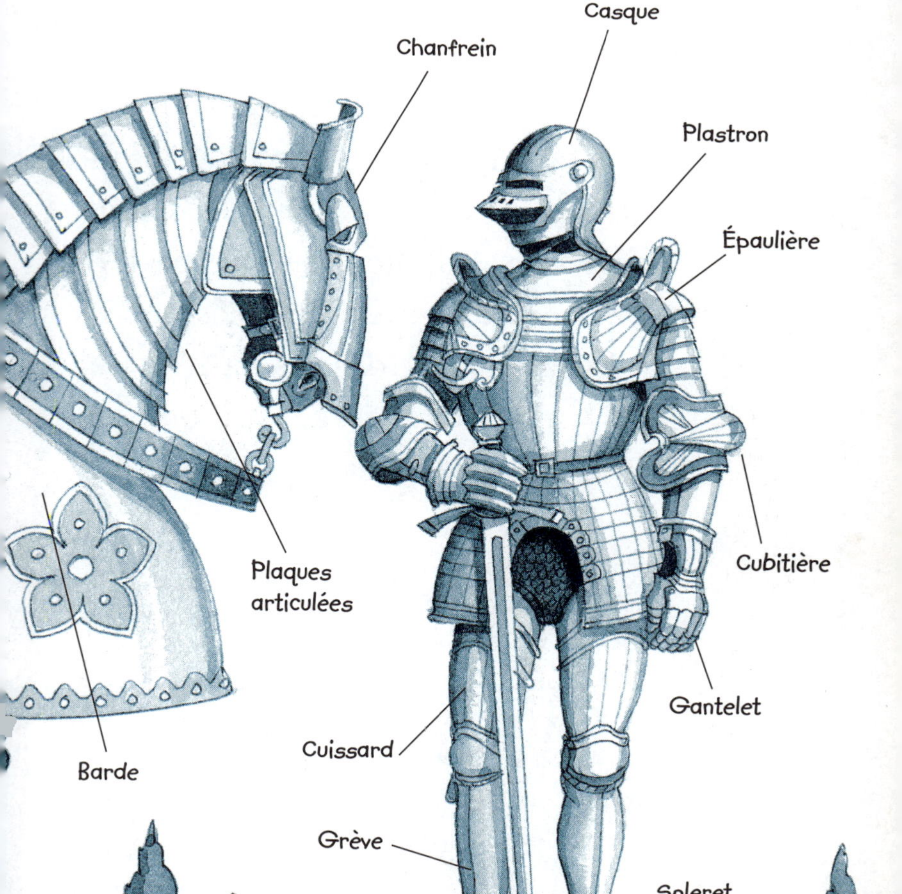

Tom et Léa présentent : l'histoire des blasons !

Les heaumes couvraient entièrement la tête des combattants. Pour qu'on les reconnaisse sur le champ de bataille, les chevaliers décoraient leurs boucliers avec des blasons. Ils choisissaient des dessins variés : un lion, symbole de courage, ou bien un arbre, signe de force.

Plusieurs chevaliers ont fini par adopter le même emblème.

Il a donc fallu créer des règles pour décider quel dessin pouvaient utiliser les chevaliers.

Le héraut était la personne chargée de faire respecter ces règles, qui constituaient l'art héraldique.

Bataille de Poitiers

8

Les armes

Un chevalier avait plusieurs armes pour se battre. La plus importante pour lui était son épée.

Les plus anciennes étaient larges et aplaties. Elles avaient deux côtés tranchants. On les appelait « épées de taille ».

Mais l'armure constituait une bonne protection contre ces lames. Les fabricants d'armes ont donc commencé à faire des épées d'estoc, plus longues et effilées. Leur pointe pouvait se planter entre les plaques de métal ou au travers des cottes de mailles.

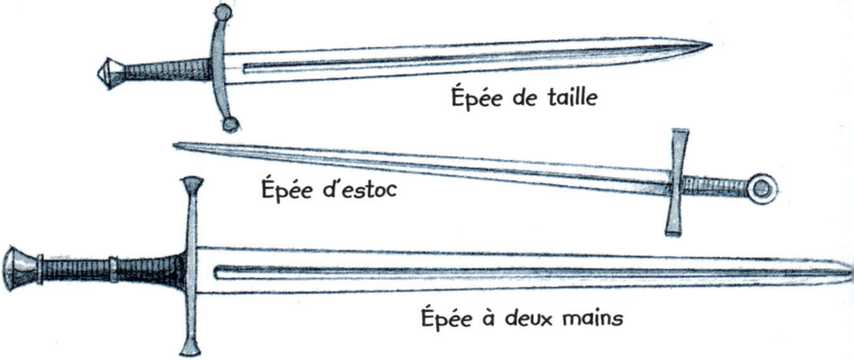

Vers la fin du Moyen Âge, les épées étaient devenues si longues et si lourdes que les combattants ne pouvaient plus les tenir d'une seule main. Pour cette raison, elles portaient le nom d'« épées à deux mains ». Certaines étaient aussi hautes que celui qui les portait.

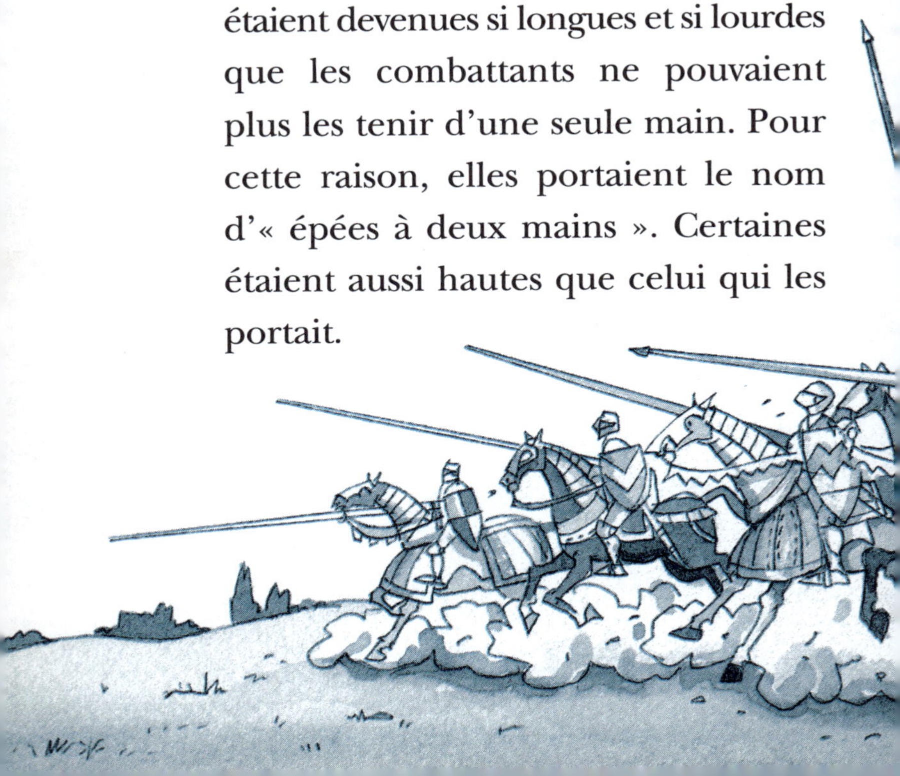

La lance comptait presque autant pour le chevalier que son épée. C'était un très long bâton terminé par une pointe en acier acérée. Il la tenait d'une main tout en galopant vers son ennemi. Arrivé à portée de lance, il essayait de le transpercer ou de le désarçonner.

Aïe ! Parfois les chevaliers chargeaient en rangs serrés, les lances pointées vers leurs ennemis.

Les chevaliers possédaient d'autres armes encore. Le fléau était une boule de fer hérissée de pointes, reliée au manche par une chaîne. La masse d'armes était une matraque munie d'une extrémité métallique très lourde.

La hache était constituée d'un manche court et d'une large lame aiguisée. Le marteau était à la fois un marteau, une massue et un couteau.

Les boucliers

Les chevaliers portaient aussi un bouclier, qui les protégeait des coups de leurs ennemis.

Les armes étant de plus en plus perfectionnées, les boucliers devinrent inutiles. À la fin du XVe siècle, on ne les utilisait que pendant les tournois, ces compétitions très populaires au Moyen Âge.

Tourne la page pour assister à un tournoi médiéval.

Par ici...

Les tournois

À l'origine, les tournois étaient des entraînements pour la guerre. Les chevaliers s'affrontaient en équipes, au cours d'épreuves appelées « mêlées ». Mais les règles étaient difficiles à

comprendre. Peu à peu, les tournois ont fini par opposer deux chevaliers seulement. Le plus connu de ces duels était la joute. Deux chevaliers lançaient leur cheval l'un contre l'autre, et chacun essayait de désarçonner son adversaire d'un coup de lance.

9 Batailles et sièges

Au tournoi, les chevaliers combattaient pour la gloire et l'argent. Sur le champ de bataille, ils se battaient pour rester en vie et pour vaincre l'ennemi.

Les chevaliers partaient en guerre pour différentes raisons.

Ils se mettaient au service du roi pour l'aider à agrandir son royaume. Ou bien ils luttaient pour reprendre

des terres volées à leur seigneur. Ou enfin ils menaient des guerres religieuses, à des milliers de kilomètres de chez eux.

Pendant deux cents ans, des chevaliers chrétiens, les croisés, se sont battus au Moyen-Orient. Ils y occupaient des terres au nom de la religion.

Le siège

Quelquefois, l'ennemi tentait de prendre un château par surprise. Un fort anglais fut un jour envahi par des soldats cachés dans une charrette de foin !

Mais la méthode la plus courante était le siège. L'armée ennemie encerclait la forteresse, empêchant la population de sortir et la nourriture d'entrer.

Les assiégeants essayaient par tous les moyens de s'introduire dans le château. Pour cela, ils construisaient des engins de guerre, les machines de siège.

La plus impressionnante était le beffroi. C'était une tour en bois montée sur quatre roues, aussi haute que les remparts. Des centaines d'hommes pouvaient y tenir.

L'assaillant roulait le beffroi jusqu'aux murs du château. Puis le haut de la tour s'ouvrait pour laisser le passage aux soldats, qui prenaient d'assaut le chemin de ronde.

En plus du beffroi, les assaillants poussaient parfois jusqu'à la muraille une « tonnelle », un abri qui les protégeait pendant qu'ils tentaient de détruire les remparts ou d'enfoncer la porte. La tonnelle portait aussi le nom de « tortue », « chat » ou « truie » !

Le bélier était un lourd tronc d'arbre armé d'une pointe en fer. On le précipitait contre les portes ou les murs du château pour les enfoncer.

Les catapultes étaient comme des lance-pierres géants. Elles projetaient des rochers contre, ou par-dessus les murailles.

L'armée ennemie catapultait aussi des animaux morts, et même des corps humains ! Ils espéraient que les carcasses pourries provoqueraient des maladies.

La défense du château

De leur côté, les assiégés faisaient tout pour se défendre.

Du sommet des tours et des remparts, les gardes décochaient des flèches. Si les attaquants se lançaient à l'assaut des murailles, ils jetaient sur leurs têtes des pierres et des bûches. Ou bien ils versaient sur eux de l'eau bouillante.

Le château comportait souvent des passages secrets. C'est par l'un de ces couloirs que Tom et Léa ont échappé

Berk ! Parfois, les soldats ennemis lançaient les têtes coupées de leurs prisonniers.

aux gardes qui les poursuivaient dans *Le mystérieux chevalier* !

Le long du chemin de ronde, se trouvaient des galeries appelées « mâchicoulis ». Elles étaient percées d'ouvertures qui, lors d'une attaque, permettaient aux gardes de tirer des flèches ou de projeter des pierres sur l'ennemi.

La reddition, c'est quand on admet la défaite et qu'on se rend à l'ennemi.

La fin d'un siège

Le siège pouvait durer plusieurs mois. Même si l'ennemi ne parvenait pas à s'introduire dans la forteresse, il pouvait remporter la victoire. En effet, les gens à l'intérieur finissaient par mourir de faim. Mais la plupart des sièges se terminaient avant, par la reddition des assiégés. Les attaquants s'emparaient alors du château et des terres alentour.

Lorsque l'ennemi prenait le château, il emprisonnait le seigneur, sa famille et les nobles qui s'y trouvaient. Puis il demandait une rançon, une somme d'argent en échange de leur libération.

Les portes dérobées sont des portes secrètes.

Il arrivait pourtant que les assiégés remportent la victoire. Les soldats se faufilaient à l'extérieur par des portes dérobées et prenaient les attaquants par surprise.

Parfois, le roi ou un autre seigneur envoyait des renforts pour aider les assiégés. Les soldats battus étaient alors tués, échangés contre une rançon ou enfermés au cachot.

Cette prison était située dans les sous-sols sombres et humides du donjon, la plus haute tour du château. Tom et Léa n'ont pas un bon souvenir du cachot où les gardes les ont enfermés. Mais ils auraient pu connaître un sort plus terrible encore !

Ces souterrains étaient aussi appelés « oubliettes », car on y oubliait les prisonniers enchaînés aux murs, et ils mouraient de faim.

10

La fin de l'âge des châteaux

L'âge des châteaux dura environ cinq cents ans. Mais la vie dans un château fort n'était pas très agréable.

Il y faisait sombre et froid. Il y avait des courants d'air. Ces forteresses n'étaient pas confortables, elles étaient surtout faites pour se protéger des ennemis.

Avec le temps, de nouvelles armes furent inventées. Au XIVe siècle, la plus efficace était le canon. À partir du XVe siècle, presque toutes les armées s'en servaient pour attaquer les châteaux.

Les canons tiraient de lourds boulets en pierre ou en fer contre les murailles. Même la plus solide des forteresses ne résistait pas longtemps !

Vers la fin du Moyen Âge, les armées utilisaient les canons sur les champs de bataille. Les soldats étaient aussi équipés de fusils.

Un canon est une grosse arme à feu en forme de tube montée sur des roues.

L'armure des chevaliers n'était alors plus adaptée à ce type d'armes.

Peu à peu, le système féodal s'écroula. Pour protéger leur royaume, les rois commencèrent à constituer des armées de soldats entraînés.

L'image du chevalier combattant dans son armure étincelante appartient désormais au passé. Quant aux châteaux, à partir de la Renaissance (au XVIe siècle), ils ne furent plus conçus comme des systèmes de défense, mais comme des habitations, plus élégantes et plus confortables. C'est le cas des châteaux de la Loire.

Et aujourd'hui…

Les chevaliers continuent d'exister dans les contes et les légendes, mais aussi dans nos traditions.

Des hommes sont toujours faits chevaliers. Mais ils n'ont pas besoin de se battre, ni même de savoir monter à cheval... « Chevalier » est un titre donné par un roi ou une reine, un président de la République, à quelqu'un qui a rendu un grand service à son pays.

De nombreux châteaux construits il y a plusieurs siècles sont encore debout. On vient du monde entier les visiter. Dans certains sont exposés des armures, des armes, des vêtements et d'autres objets du Moyen Âge.

Visiter ces forteresses, c'est comme franchir un pont pour revenir dans le passé. Touche ces pierres taillées par les maçons il y a des centaines d'années. Promène-toi sur les remparts, d'où les soldats montaient la garde. Prends place dans la Grande Salle, où les pages servaient les seigneurs et leurs dames, dans des assiettes en argent.

Et laisse ton imagination te transporter il y a sept cents ans, au temps des chevaliers.

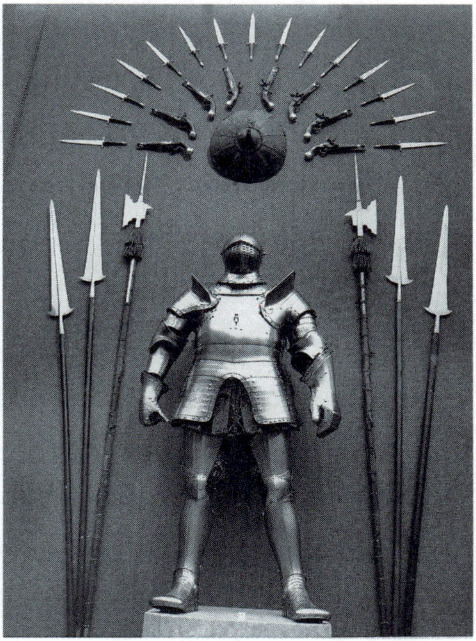

Pour en savoir plus

Tu veux devenir un expert du Moyen Âge ? Complète tes connaissances en explorant d'autres pistes.

Les livres

Les bibliothèques et les librairies regorgent d'ouvrages sur cette période. Suis ces quelques conseils :

1. Tu n'es pas obligé de lire le livre en entier. Consulte la table des matières ou l'index pour aller directement à ce qui t'intéresse.

2. N'oublie pas de noter le titre pour pouvoir le retrouver facilement.

3. Ne te contente pas de recopier le

texte mot pour mot. Il vaut mieux le récrire avec tes propres mots si tu veux t'en souvenir.

Voici quelques livres intéressants sur le sujet :

• Émilie Beaumont, Christine Sagnier, *La grande imagerie du Moyen Âge*, Fleurus, 2005.
• Brigitte Coppin, *À la découverte du Moyen Âge*, Castor Doc Flammarion, 2005.
• Josette Gontier, *La grande encyclopédie du Moyen Âge*, Casterman, 2005.
• Daniel Royo, *Le dico des chevaliers*, La Martinière Jeunesse, 2004.
• Christine Sagnier, *Les châteaux forts*, Fleurus, 2000.
• Philip Steele, *Le Moyen Âge*, Nathan, 2005.

Les films

Comme les légendes ou les contes de fées, la plupart des films sur le Moyen Âge sont des histoires inventées.

Pourtant, il existe en DVD des films documentaires captivants qui racontent l'histoire vraie des chevaliers.

En voici deux :

• *Quelle aventure ! Au temps des chevaliers*, un film écrit par l'équipe de *C'est pas sorcier* et réalisé par Franck Chaudemanche, France Télévisions, 2006.

• *C'est pas sorcier : L'histoire de France – Les châteaux forts*, avec Fred, Jamy et Sabine de l'émission télévisée, France Télévisions, 2002.

Les CD-Roms

Ils contiennent des informations et parfois des activités ludiques qui permettent d'en apprendre davantage sur cette époque.

En voici un qui te fera découvrir le monde des chevaliers :

• *Sethi et le chevalier félon*, Mindscape en coédition avec le magazine *Géo*, 2005. Avec le chevalier Aymeric, déjoue le complot de Ghislain, le chevalier félon. Cinquante fiches t'aideront à mieux comprendre l'époque médiévale.

Internet

Il existe beaucoup de sites sur les chevaliers. Assure-toi qu'ils sont mis à jour régulièrement, c'est-à-dire qu'ils contiennent des informations revues et corrigées.

Voici les sites que Tom et Léa ont consultés. Demande à tes parents ou à ton professeur de t'aider à naviguer sur Internet.

- http://www.curiosphere.tv/moyenage/index.htm (site éducatif de France 5)
- http://www.kidadoweb.com/histoire-enfants/moyen-age-enfants/moyen-age-enfants.htm
- http://www.lesroutesdavalon.com

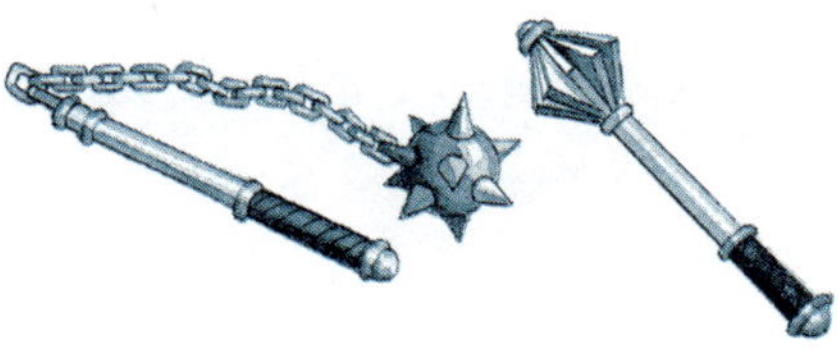

Les musées

Lorsque tu te rends au musée :

1. Prends un carnet. Il est important de noter ce qui t'intéresse et de dessiner ce qui attire ton œil.

2. Pose des questions. Il y a toujours quelqu'un qui peut te renseigner ou t'aider à t'orienter.

3. Consulte le calendrier des expositions temporaires ou des activités pour les enfants.

Voici des musées intéressants qui possèdent des collections médiévales :

• **Musée national du Moyen Âge**
Hôtel de Cluny
6, place Paul-Painlevé – 75005 Paris
Renseignements au 01 53 73 78 16
http://www.musee-moyenage.fr

• **Musée du Louvre**
34, quai du Louvre – 75001 Paris
Gratuit pour les moins de 18 ans,
et pour tous le premier dimanche
de chaque mois
Renseignements au 01 40 20 50 50
http://www.louvre.fr

• **Musée départemental Dobrée**
18, rue Voltaire – 44000 Nantes
Gratuit pour les moins de 10 ans,
et pour tous le dimanche
Renseignements au 02 40 71 03 50
http://www.culture.cg44.fr/Musee/
index.html

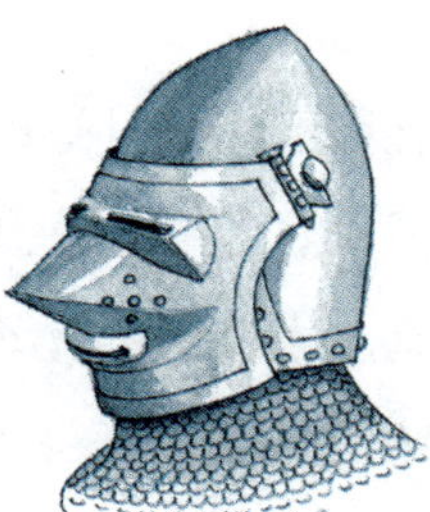

• **Musée de la Tapisserie de Bayeux**
Centre Guillaume le Conquérant
13 bis, rue de Nesmond
14400 Bayeux
Gratuit pour les moins de 10 ans
Renseignements au 02 31 51 25 50
http://www.tapisserie-bayeux.fr

Et pour les sorties

En France, tu peux visiter de nombreux châteaux. Si tu habites ou passes tes vacances à côté de l'un de ces sites, n'oublie pas d'y faire un tour :

Les villes médiévales :

• **Cité médiévale de Carcassonne**
Située dans l'Aude (11), Carcassonne est sans doute la cité médiévale la plus célèbre. Elle est classée

au patrimoine mondial de l'UNESCO.
Tu peux visiter le château et te promener sur les remparts.
http://www.carcassonne.org

• **Cité médiévale de Provins**
Classée au patrimoine mondial de l'UNESCO, cette ville de Seine-et-Marne (77) accueillait, au Moyen Âge, les plus grandes foires de Champagne.
Renseigne-toi auprès de l'office du tourisme pour connaître la programmation des spectacles médiévaux.
http://www.provins.net

Quelques châteaux :

- **Château de Vincennes**

Depuis sa construction au XIIe siècle par Charles V, le château de Vincennes est, avec le Louvre, l'un des châteaux les plus importants de l'histoire de France.
Avenue de Paris – 94300 Vincennes
Gratuit pour les moins de 18 ans
Renseignements au 01 48 08 31 20
http://www.chateau-vincennes.fr

- **Château de Loches**

Cité royale de Loches – 37600 Loches
Gratuit pour les moins de 12 ans
Renseignements au 02 47 59 01 32
http://www.chateau-loches.fr

• **Château de Bonaguil**
47500 Fumel
Gratuit pour les moins de 7 ans
Renseignements au 05 53 71 90 33
http://www.bonaguil.org

La construction d'un château fort au XXe siècle :

• **Chantier médiéval de Guédelon**
Ce chantier médiéval est un véritable défi : des hommes et des femmes ont décidé de bâtir un château fort en utilisant les mêmes techniques qu'au XIIIe siècle.
89520 Treigny
(sur la départementale 955)
Renseignements au 03 86 45 66 66
http://www.guedelon.fr

Bonne découverte !

Index

Crédits iconographiques

p. I : Chevalier en armure, XVIe siècle © akg-images.
p. II : Blasons, Archivio di Stato de Milan © Costa/Leemage ; Armure de chevalier médiéval (reconstitution), Prague © akg-images/Gérard Degeorge ; Bouclier de chevalier médiéval (reconstitution), Prague © akg-images/Gérard Degeorge.
p. III : Combat de chevaliers, Henry Shaw, 1843 © Heritage Images/Leemage ; Fléau à deux boules © Heritage Images/Leemage ; Haches de combat © Heritage Images/Leemage ; Bouclier de chevalier médiéval (reconstitution), Prague © akg-images/Gérard Degeorge.
p. IV : Bouclier (détail), XIIe siècle, British Museum © Photo Josse/Leemage ; Catapulte, XVe siècle © Leemage ; Épée © Getty Images/Hans Neleman ; Cotte de mailles, XVe siècle © akg-images ; *Le roi Richier désarçonnant Guichart de la Morée au cours d'un tournoi*, XVe siècle, Paris, Bibliothèque de l'Arsenal © Photo Josse/Leemage ; Château de Bonaguil, XVe-XVIe siècle © Cuboimages/Leemage.

p. 68, 96 : © AP/Wide World Photos.

© British Library :
p. 9 : Neg. No. 17240 © Shelfmark/Man.
p. 78 : Neg. No. 30595 (HP) © Shelfmark/Man.

p. 101 : © Corbis/Bettmann.
p. 71 : © Metropolitan Museum of Art, Bashford Dean Memorial Collection, don de Helen Fahnestock Hubbard, à la mémoire de son père, Harris C. Fahnestock, 1929 (29.154.3).
p. 14 : © Will Osborne et le château de Cardiff, Pays de Galles.

Tu as aimé ce livre ?
Tu peux en lire d'autres.

Les Carnets de la Cabane Magique